百年新诗百部典藏／马启代 主编

戴望舒诗选

戴望舒 著

马启代 马晓康 编

江苏凤凰美术出版社
全国百佳图书出版单位

图书在版编目（CIP）数据

戴望舒诗选 / 戴望舒著；马启代，马晓康编. -- 南京：江苏凤凰美术出版社，2018.10
（百年新诗百部典藏 / 马启代主编）
ISBN 978-7-5580-5130-2

Ⅰ. ①戴… Ⅱ. ①戴… ②马… ③马… Ⅲ. ①诗集－中国－现代 Ⅳ. ①I226

中国版本图书馆CIP数据核字（2018）第198339号

责任编辑　曹昌虹
装帧设计　小马工作室
责任监印　唐　虎

书　　名	戴望舒诗选
著　　者	戴望舒
编　　者	马启代　马晓康
出版发行	江苏凤凰美术出版社（南京市中央路165号　邮编：210009）北京凤凰千高原文化传播有限公司
出版社网址	http://www.jsmscbs.com.cn
印　　刷	河北飞鸿印刷有限责任公司
开　　本	710mm×1000mm　1/16
印　　张	10
版　　次	2020年4月第1版　2020年4月第1次印刷
标准书号	ISBN 978-7-5580-5130-2
定　　价	28.00元

营销部电话　010-64215835-801
江苏凤凰美术出版社图书凡印装错误可向承印厂调换　电话：010-64215835-801

总序

转眼新诗已百年

马启代

早在 20 世纪的最后几年,大家已在议论新诗百年的事情,近年来,"新诗百年"的话题和各类活动甚至与社会商业活动携手并肩、大有超越诗歌本身的勃兴之势。事实上,看似在热闹中诞生的新诗,其本性与喧嚣并无基因上的联系。艺术与人类历史一样,有着表面风风火火的一面,也有着沉潜低回的另一条趋线。作为伴随新文学诞生的一个新兴文体,它呱呱坠地的时代的确可以用狂飙突进来标示,故我虽一向把社会"思潮"与"诗潮"的相伴相随作为认识百年新诗的一个重要视角,但我并不认同仅仅把波涛浪峰上的那些弄潮者看作新诗百年的代表,也就是说那些以潮流和流派及其风云人物为特征的历史叙事所构成的只是一个粗线条的描述,正是"思潮"与"诗潮"的历史共振,加上民族危难和社会动荡所造成的探索中断和精神异化,新诗所欠下的旧账一再被后来者忽略或轻视,仿佛一个亢奋的战士,冲锋中丢弃了装备,几番沉浮,在这个百年的节点,正是反思得失、检视成败的契机。当然,作为在争论甚至反对声中活得多数时候都青春四射的新诗,对质疑和批评的回应与对自身缺憾和弊端的正视从来都是一体两面需要痛加剖析、修正的问题。

我想略通"近代史"的人都会理解,产生于春秋战国以来极少出现的思想自由争鸣时期的新文学,结出新诗这个果实,既是必然,也显得匆忙。我们至今对它的称谓还有争议，如白话诗、自由诗、新诗、朦胧诗、现代诗、汉语新诗、新汉诗等，各有历史定位和美学指向，但莫衷一是，互不认同。此外，关于新诗诞生的历史成因、艺术脉络也各执一词，互有个见。我曾在《新汉诗十三题》中说过，它的源头不是旧诗，它与古诗、律诗、词、曲的代终体换不同，新诗直接来源于外国诗，不是一般的启示与借用，但新诗最终应是民族文化求新求变的产物皆赖于外来文化的刺激复活以及几代学人承前启后的不懈挽救。借此界定新诗的生日——假如非要有一个最大认同公约数的时间，我想，既不是胡适在《尝试集》中几首诗后面标注的1916年，也不是《新青年》2卷6号刊发胡适《白话诗八首》的1917年，而应是《新青年》4卷1号刊登胡适、沈尹默、刘半农九首诗的1918年1月。显然，作为《白话文学史》作者的胡适，深知"白话诗"与"新诗"在观念、精神和美学追求上的不同。他在1917年1月发表在《新青年》上的《文学改良刍议》被认为脱胎于美国女诗人洛威尔的《意象派宣言》，而意象派运动其主要旨趣在于解放英语诗歌的形式和语言，尽管他的代表人物庞德据说受益于中国古典诗歌的翻译。

但毋庸置疑的是，新诗承续了发端于18世纪以来世界范围内的诗歌自由化趋向，其背后蕴藏的历史人文内涵和深刻的人类精神走向乃潮流和大势。百年来，世界和中国都发生了许多亘古未有的大变化，人类在苦难和荣光中创造的无数诗篇，成为记录人类心灵和精神变化的珍品。尽管至今尚有人对新诗做出实验失败的定论，近年旧体诗创作日隆，也大有复兴的气象，但无须争辩的事实是：首先，新诗是个伟大而粗糙的发明（沈奇语），它无愧于百年风雨沧桑的砥砺磨洗（张清华语），你即便说它不成功，但也不能无视它有成就（桑恒昌语），穿越百年的时光隧道，战争、天灾、人祸以及正常或不正常的生存考验，新诗已经成为现代人重要的灵魂洗礼和精神救赎的载体。熊辉教授在《纪念新诗百年》中认为百年新诗的发展，最大的成功是确立了自身的文体优势。分行排列的自由书写成为承载现代人情感和思想的有效形式，而吕进教授把新诗看作"内视点"文学的主张，为现代新诗内在形式的确立提供了理论依据。其次，新诗采用大量口语和白话进行书面转化，使古老的汉语焕发出新的生机，重新把优雅与深邃找回，其在唤醒和复活民族灵性上体现出无可替代的前景。最后，我认为新诗与社会思潮与生俱来的根性联系，使其始终勃发着一颗求新求变的魂魄，百年来，它对于中国人精神的塑造居功至伟。

当然，一个百年的文体也许还处于未完成时，尽管许多文学史、诗歌史已翻来覆去根据不同时期的政治需要和个人诉求做过这样那样的修订甚至重写，事实上，所谓百年我们也不妨做模糊的理解，百年新诗也许尚未走出自己的青春期，业已形成的传统还显单薄，无论是文本本身还是理论批评范畴都面临着很多需要解决的问题。新诗不是"作诗如作文，作诗如说话"（胡适语）那样简单，断然不能把一种精神倡导理解为实践指南，正如不能把"下半身写作"理解为"写下半身"，把"口语写作"理解为"口水写作"。尽管民歌民谣给了自由化写作最初的滋养和激发，成就了彭斯和华兹华斯等不朽的歌唱，但新诗随着现代思想的传播，不适合进化论的艺术需要坚守和弘扬的恰恰是最初的和最原始的人的精神和梦想，最本真、最本质的感动。新诗突破了古典诗歌"触景生情"和"睹物思人"的套路，注入了"以思触诗、以诗触思"的感悟和体验，形成了"缘情言志寓思"的现代模式，这些皆赖于中西文化交汇中英美的浪漫主义和法德的现代主义诸流派的深度浸润。但一个文体既有它自我革新和不断蜕变的免疫能力，也有自我阉割的自杀倾向。如今，经历多层磨砺和戕害的新诗呈现出精神伦理和艺术审美上的诸多问题，"生底颤动，灵底喊叫"（郭沫若语）极有被废话、脏话淹没的危险。我在《百年新诗的"三度"迷失》和《当下诗歌创作的"三化"警示》两文中做了解析和指认。据此而论，吕进教授提出新诗的"三个重建"和"二次革命"多年，在展望未来时的确应引起我们的深思。

时光如白驹过隙，对于天地历史而言，百年不过弹指间的一个刹那，但于人于事，一个世纪毕竟暗藏着天翻地覆。适逢新诗百岁，借此数语，聊寄祝福！

目 录

第一卷　原创诗选

003　寒风中闻雀声
005　自家伤感
006　生涯
008　流浪人的夜歌
009　Fragments
010　凝泪出门
011　可知
013　静夜
014　山行
015　残花的泪
017　十四行
019　Spleen
020　残叶之歌
022　Mandoline
023　雨巷
025　我底记忆
027　路上的小语
029　林下的小语
031　夜是
033　秋天
035　对于天的怀乡病

037　断指
039　印象
040　到我这里来
041　祭日
043　烦忧
044　百合子
045　八重子
046　梦都子
047　我的素描
048　单恋者
049　老之将至
051　秋天的梦
052　前夜
054　我的恋人
055　村姑
057　野宴
058　三顶礼
059　二月
060　小病
061　款步（一）
062　款步（二）
063　过时
064　有赠
065　游子谣
067　秋蝇
069　夜行者
070　微辞
071　妾薄命
072　少年行

- 073　旅思
- 074　不寐
- 075　深闭的园子
- 076　灯（一）
- 078　寻梦者
- 080　乐园鸟
- 081　见毋忘我花
- 082　微笑
- 083　霜花
- 084　古意答客问
- 085　灯（二）
- 087　秋叶思
- 088　小曲
- 089　赠克木
- 091　眼
- 093　夜蛾
- 094　寂寞
- 095　我思想
- 096　元日祝福
- 097　白蝴蝶
- 098　致萤火
- 100　狱中题壁
- 101　我用残损的手掌
- 103　心愿
- 104　等待（一）
- 105　等待（二）
- 107　过旧居
- 110　示长女
- 112　在天晴了的时候

114　赠内
115　萧红墓畔口占
116　口号
117　偶成
118　流水
120　我们的小母亲
122　昨晚
124　独自的时候

第二卷　翻译诗选

127　自由 / 保罗·艾吕雅
131　一只狼 / 保罗·艾吕雅
132　戒严 / 保罗·艾吕雅
133　公告 / 保罗·艾吕雅
134　肖像 / 苏佩维艾尔
137　发 / 玄迷·特·果尔蒙
139　山楂 / 玄迷·特·果尔蒙
141　晚歌 / 保尔·福尔
142　一个贫穷的牧羊人 / 保尔·魏尔伦
144　一个暗黑的睡眠 / 保尔·魏尔伦
145　树脂流着 / 法朗西思·耶麦
147　天要下雪了 / 法朗西思·耶麦

第一卷

原创诗选

寒风中闻雀声

枯枝在寒风里悲叹,
死叶在大道上萎残;
雀儿在高唱薤露歌,
一半儿是自伤自感。

大道上寂寞凄清,①
高楼上悄悄无声,②
只那孤岑的雀儿
伴着孤岑的少年人。

寒风吹老了树叶,③
又来吹老少年底华鬓,④
更在他底愁怀里⑤
将一丝的温馨吹尽。

唱啊,我同情的雀儿,⑥
唱破我芬芳的梦境;
吹吧,你无情的风儿,⑦
吹断了我飘摇的微命。⑧

注:①收入《望舒诗稿》时,"大道上"改作"大道上是"。
②收入《望舒诗稿》时,"高楼上"改作"高楼上是"。

③收入《望舒诗稿》时,此句改作"寒风已吹老了树叶"。
④收入《望舒诗稿》时,"又来"改作"更"。
⑤收入《望舒诗稿》时,此句改作"又复在他的愁怀里"。
⑥收入《望舒诗稿》时,此句改作"唱啊,同情的雀儿",删去"我"字。
⑦收入《望舒诗稿》时,此句改作"吹吧,无情的风儿",删去"你"字。
⑧收入《望舒诗稿》时,此句改作"吹断我飘摇的微命",删去"了"字。

自家伤感①

怀着热望来相见,
冀希从头细说,②
偏你冷冷无言;③
我只合踏着残叶④
远去了,自家伤感。⑤

希望今又成虚,⑥
且消受终天长怨。
看风里的蜘蛛,⑦
又可怜地飘断⑧
这一缕零丝残绪。

注:①收入《望舒诗稿》时,题改作《自家悲怨》。
②收入《望舒诗稿》时,此句改作"希冀一诉旧衷情"。
③收入《望舒诗稿》时,此句改作"偏你冷冷无片言"。
④收入《望舒诗稿》时,"残叶"改作"残英"。
⑤收入《望舒诗稿》时,"伤感"改作"悲怨"。
⑥收入《望舒诗稿》时,此句改作"而今希望又虚无"。
⑦收入《望舒诗稿》时,"看"改作"转看"。
⑧收入《望舒诗稿》时,"飘断"改作"飘摇断"。

生　涯

泪珠儿已抛残,
只剩了悲思。
无情的百合啊,
你明丽的花枝。①
你太娟好,太轻盈,
使我难吻你娇唇。②

人间伴我的是孤苦,③
白昼给我的是寂寥;④
只有那甜甜的梦儿
慰我在深宵:
我希望长睡沉沉,
长在那梦里温存。

可是清晨我醒来
在枕边找到了悲哀:
欢乐只是一幻梦,
孤苦却待我生挨!
我暗把泪珠哽咽,
我又生活了一天。

泪珠儿已抛残,

悲思偏无尽，
啊，我生命底慰安！
我屏营待你垂悯：
在这世间寂寂，
朝朝只有呜咽。

注：①收入《望舒诗稿》时，此处句号改作逗号。
　　②收入《望舒诗稿》时，此句改作"人间天上不堪寻"。
　　③收入《望舒诗稿》时，此句改作"人间伴我唯孤苦"。
　　④收入《望舒诗稿》时，删去"的"字，作"白昼给我是寂寥"。

流浪人的夜歌

残月是已死的美人,①
在山头哭泣嘤嘤,
哭她细弱的魂灵。

怪枭在幽谷悲鸣,
饥狼在嘲笑声声
在那残碑断碣的荒坟。②

此地是黑暗底占领,③
恐怖在统治人群
幽夜茫茫地不明。

来到此地泪盈盈,
我是颠连飘泊的孤身,④
我要与残月同沉。

注:①收入《望舒诗稿》时,删去"的"字,并改作"月是已死美人"。
②收入《望舒诗稿》时,此句改作"在那莽莽的荒坟"。
②收入《望舒诗稿》时,删去"是"字,作"此地黑暗的占领"。
④收入《望舒诗稿》时,删去"颠连",作"我是飘泊的孤身"。

Fragments①

不要说爱还是恨，②
这问题我不要分明：③
当我们提壶痛饮时，
可先问是酸酒是芳醇？④

愿她温温的眼波⑤
荡醒我心头的春草：
谁希望有花儿果儿？
但愿在春天里活几朝。⑥

注：①收入《望舒诗稿》时，题改作《断章》。
②收入《望舒诗稿》时，此句冒号改作句号。
③收入《望舒诗稿》时，此句作"不要说爱不要说恨"。
④收入《望舒诗稿》时，此句改作"可先问是酸酒芳醇"，删去后一"是"字。
⑤收入《望舒诗稿》时，"愿"改作"但愿"。
⑥收入《望舒诗稿》时，"但愿"改作"只愿"。

凝泪出门

昏昏的灯,
溟溟的雨,
沉沉的未晓天;
凄凉的情绪;
将我底愁怀占住。

凄绝的寂静中,
你还酣睡未醒:
我无奈踯躅徘徊,
独自凝泪出门:
啊,我已够伤心。

清冷的街灯,
照着车儿前进:①
在我底胸怀里,
我是失去了欢欣,②
愁苦已来临。

注:①最初发表于 1926 年 3 月 17 日《璎珞》旬刊第 1 期时,"前进"作"前行"。
　　②最初发表于 1926 年 3 月 17 日《璎珞》旬刊第 1 期时,"我是"作"从此又"。

可　知

可知怎的旧时的欢乐
到回忆都变作悲哀，
在月暗灯昏时候
重重地兜上心来，
　　　　啊，我底欢爱！

为了如今惟有愁和苦，
朝朝的难遣难排，
恐惧以后无欢日，
愈觉得旧时难再，①
　　　　啊，我底欢爱！

可是只要你能爱我深，
只要你深情不改，
这今日的悲哀，
会变作来朝的欢快，
　　　　啊，我底欢爱！

否则悲苦难排解，
幽暗重重向我来，
我将含怨沉沉睡，
睡在那碧草青苔，

啊,我底欢爱!

注:①最初发表于1926年4月7日《璎珞》旬刊第3期时,"旧时难再"作"不可再"。

静 夜

像侵晓蔷薇底蓓蕾
含着晶耀的香露,
你盈盈地低泣,低着头,
你在我心头开了烦忧路。

你哭泣嘤嘤地不停,
我心头反覆地不宁;
这烦忧是从何处生
使你堕泪,又使我伤心?

停了泪儿啊,请莫悲伤,
且把那原因细讲,
在这幽夜沉寂又微凉,
人静了,这正是时光。

山 行

见了你朝霞的颜色,
便感到我落月的沉哀,
却似晓天的云片,
烦怨飘上我心来。

可是不听你啼鸟的娇音,
我就要像流水地呜咽,
却似凝露的山花,
我不禁地泪珠盈睫。

我们行在微茫的山径,
让梦香吹上了征衣,
和那朝霞,和那啼鸟,
和你不尽的缠绵意。

残花的泪

寂寞的古园中,
明月照幽素,
一枝凄艳的残花
对着蝴蝶泣诉:

我的娇丽已残,
我的芳时已过,
今宵我流着香泪,
明朝会萎谢尘土。

我的旖艳与温馨,
我的生命与青春
都已为你所有,
都已为你消受尽!

你旧日的蜜意柔情
如今已抛向何处?
看见我憔悴的颜色,
你啊,你默默无语!

你会把我孤凉地抛下,
独自翩跹地飞去,

又飞到别枝春花上
依依地将她恋住。

明朝晓日来时，
小鸟将为我唱薤露歌；
你啊，你不会眷顾旧情，
到此地来凭吊我！

十四行

微雨飘落在你披散的鬓边,①
像小珠碎落在青色的海带草间,②
或是死鱼飘翻在浪波上,③
闪出神秘又凄切的幽光,④

诱着又带着我青色的灵魂,⑤
到爱和死底梦的王国中睡眠,⑥
那里有金色的空气和紫色的太阳,⑦
那里可怜的生物将欢乐的眼泪流到胸膛,⑧

就像一只黑色的衰老的瘦猫,
在幽光中我憔悴又伸着懒腰,
流出我一切虚伪和真诚的骄傲;⑨
然后,又跟着它踉跄在轻雾朦胧;⑩
像淡红的酒沫飘在琥珀钟,
我将有情的眼藏在幽暗的记忆中。

注:①收入《望舒诗稿》时,此句改作"看微雨飘落在你披散的鬓边"。
②收入《望舒诗稿》时,此句改作"像小珠散落在青色海带草间"。
③收入《望舒诗稿》时,此句改作"或是死鱼浮在碧海的波浪上"。
④收入《望舒诗稿》时,此句改作"闪出万点神秘又凄切的幽光"。
⑤收入《望舒诗稿》时,"诱着"改为"它诱着";"灵魂"

改作"魂灵"。

⑥收入《望舒诗稿》时,"睡眠"改作"逡巡"。

⑦收入《望舒诗稿》时,此句改作"那里有金色山川和紫色太阳"。

⑧收入《望舒诗稿》时,此句改作"而可怜的生物流喜泪到胸膛"。

⑨收入《望舒诗稿》时,"流出"改作"吐出"。

⑩收入《望舒诗稿》时,此句改作"然后又跟它踉跄在薄雾"。

Spleen①

我如今已厌看蔷薇色,
一任她娇红披满枝。

心头的春花已不更开,
幽黑的烦忧已到我欢乐之梦中来。

我底唇已枯,我底眼已枯,
我呼吸着火焰,我听见幽灵低诉。

去吧,欺人的美梦,欺人的幻象。
天上的花枝,世人安能痴想。

我颓唐地在挨度这迟迟的朝夕!
我是个疲倦的人儿,我等待着安息。

注:①收入《望舒诗稿》时,改题作《忧郁》。

残叶之歌

男　子

你看，湿了雨珠的残叶，
静静地停在枝头，
（湿了珠泪的微心，①
轻轻地贴在你心头。）

它踌躇着怕那微风
吹它到缥缈的长空。

女　子

你看，那小鸟曾经恋过枝叶，②
如今却要飘忽无迹。③
（我底心儿和残叶一样，
你啊，忍心人，你要去他方。）

它可怜地等待着微风，
要依风去追逐爱者底行踪。

男　子

那么，你是叶儿，我是那微风，

我曾爱你在枝上,也爱你在街中。

女　子

来啊,你把你微风吹起,
我将我残叶底生命还你。

注:①收入《望舒诗稿》时,"微心"改作"心儿"。
　　②收入《望舒诗稿》时,删去"曾经"二字。
　　③收入《望舒诗稿》时,"飘忽"改作"飘飞"。

Mandoline①

从水上飘起的,春夜的 Mandoline,②
你咽怨的亡魂,孤冷又缠绵,③
你在哭你底旧时情?

你徘徊到我底窗边,
寻不到昔日的芬芳,
你惆怅地哭泣到花间。

你凄婉地又重进我纱窗,
还想寻些坠鬟的珠屑——
啊,你又失望地咽泪去地方。④

你依依地又来到我耳边低泣;
啼着那颓唐哀怨之音;
然后,懒懒地,到梦水间消歇。

注:①收入《望舒诗稿》时,题改作《闻曼陀铃》。
　　②收入《望舒诗稿》时,"Mandoline"作"曼陀铃"。
　　③收入《望舒诗稿》时,"孤冷"改作"孤寂"。
　　④"地方"疑排误。《望舒诗稿》作"他方"。

雨 巷

撑着油纸伞,独自
彷徨在悠长,悠长
又寂寥的雨巷,
我希望逢着
一个丁香一样地
结着愁怨的姑娘。

她是有
丁香一样的颜色,
丁香一样的芬芳,
丁香一样的忧愁,
在雨中哀怨,
哀怨又彷徨;

她彷徨在这寂寥的雨巷,
撑着油纸伞
像我一样,
像我一样地
默默彳亍着,
冷漠,凄清,又惆怅。

她静默地走近

走近，又投出
太息一般的眼光，
她飘过
像梦一般地，
像梦一般地凄婉迷茫。

像梦中飘过
一枝丁香地，
我身旁飘过这女郎；
她静默地远了、远了，
到了颓圮的篱墙，
走尽这雨巷。

在雨的哀曲里，
消了她的颜色，
散了她的芬芳，
消散了，甚至她的
太息般的眼光，
她丁香般的惆怅。①

撑着油纸伞，独自
彷徨在悠长，悠长
又寂寥的雨巷，
我希望飘过
一个丁香一样地
结着愁怨的姑娘。

注：①收入《望舒诗稿》时，此句删去"她"字。

我底记忆

我底记忆是忠实于我的,
忠实得甚于我最好的友人。①

它存在在燃着的烟卷上,
它存在在绘着百合花的笔杆上。
它存在在破旧的粉盒上
它存在在颓垣的木莓上,
它存在在喝了一半的酒瓶上,②
在撕碎的往日的诗稿上,在压干的花片上,
在凄暗的灯上,在平静的水上,
在一切有灵魂没有灵魂的东西上,
它在到处生存着,像我在这世界一样。

它是胆小的,它怕着人们底喧嚣,③
但在寂寥时,它便对我来作密切的拜访。
它底声音是低微的,④
但是它底话是很长,很长·⑤
很多,很琐碎,而且永远不肯休:⑥
它底话是古旧的,老是讲着同样的故事,⑦
它底音调是和谐的,老是唱着同样的曲子,⑧
有时它还模仿着爱娇的少女底声音,⑨
它底声音是没有气力的,

而且还夹着眼泪,夹着太息。

它底拜访是没有一定的,
在任何时间,在任何地点,
甚至当我已上床,朦胧地想睡了;⑩
人们会说它没有礼貌,
但是我们是老朋友。

它是琐琐地永远不肯休止的,
除非我凄凄地哭了,或是沉沉地睡了:
但是我是永远不讨厌它,
因为它是忠实于我的。

注:①收入《望舒诗稿》时,"忠实得甚于"改作"忠实甚于",删去"得"字。

②收入《望舒草》及《望舒诗稿》时。以上五句中的"它存在在"均改作"它生存在"。

③《望舒草》及《望舒诗稿》中:"人们底"作"人们的"。

④《望舒草》及《望舒诗稿》中,"它底"作"它的"。

⑤《望舒草》及《望舒诗稿》中,改作"但是它的话却很长,很长"。

⑥《望舒草》及《望舒诗稿》中,"很多"改作"很长"。

⑦《望舒草》及《望舒诗稿》中,此句改作"它的话是古旧的,老讲着同样的故事"。

⑧《望舒草》及《望舒诗稿》中,此句作"它的音调是和谐的,老唱着同样的曲子"。

⑨《望舒草》及《望舒诗稿》中,此处作"……少女的声音"。

⑩《望舒草》及《望舒诗稿》中,均改"甚至"为"时常";且于"朦胧地想睡了"之后加了一句"或是选一个大清早"。

路上的小语

——给我吧,姑娘,那朵簪在你发上的①
小小的青色的花,
它是会使我想起你底温柔来的。②

——它是到处都可以找到的,
那边,你看,在树林下,在泉边,③
而它又只会给你悲哀的记忆的。

——给我吧,姑娘,你底像花一样地燃着的,④
像红宝石一样地晶耀着的嘴唇,⑤
它会给我蜜底味,酒底味。⑥

——不,它只有青色的橄榄底味,⑦
和未熟的苹果底味,
而且是不给说谎的孩子的。

——给我吧,姑娘,那在你衫子下的
你的火一样的,十八岁的心,
那里是盛着天青色的爱情的。

——它是我的,是不给任何人的,
除非别人愿意把他自己底真诚的⑧

来作一个交换,永恒地。

注:①《望舒诗稿》中,此句作"——给我吧,姑娘,那朵簪在发上的",无"你"字。

②《望舒草》及《望舒诗稿》中,"你底"均作"你的"。

③《望舒草》及《望舒诗稿》中,"你看"均作"你瞧"。

④《望舒草》及《望舒诗稿》中,此句作"——给我吧。姑娘,你的像花一般燃着的"。

⑤《望舒草》及《望舒诗稿》中。"一样地"均改作"一般"。

⑥《望舒草》及《望舒诗稿》中,"底"均作"的"。

⑦《望舒草》及《望舒诗稿》中。"橄榄底味"作"橄榄的味"。

⑧《望舒草》及《望舒诗稿》中,"别人"改作"有人"。

林下的小语

走进幽暗的树林里
人们在心头感到了寒冷,①
亲爱的,在心头你也感到寒冷吗,
当你拥在我怀里②
而且把你的唇粘着我的时候?③

不要微笑,亲爱的,
啼泣一些是温柔的,
啼泣吧,亲爱的,啼泣在我的膝上,④
在我的胸头,在我的颈边。⑤
啼泣不是一个短促的欢乐。

"追随我到世界的尽头,"⑥
你固执地这样说着吗?
你说得多傻!你去追随天风吧!⑦
我呢,我是比天风更轻,更轻,
是你永远追随不到的。

哦,不要请求我的心了!⑧
它是我的,是只属于我的。
什么是我们的恋爱的纪念吗?
拿去吧,亲爱的,拿去吧,

　　　　这沉灵，这绛色的沉哀。

注：①《望舒草》及《望舒诗稿》中，删去"了"字。

②《望舒草》及《望舒诗稿》中，此句作"当你在我的怀里"。

③《望舒草》及《望舒诗稿》中，此句作"而我们的唇又粘着的时候？"

④《望舒草》及《望舒诗稿》中，"我底膝上"作"我的膝上"。

⑤《望舒草》及《望舒诗稿》中，"底"作"的"。

⑥《望舒草》及《望舒诗稿》中，"追随我"作"追随你"。

⑦《望舒草》及《望舒诗稿》中，此句作"你在戏谑吧！你去追平原的天风吧！"

⑧《望舒草》及《望舒诗稿》中，从本句起，改作："哦，不要请求我的无用心了！／你到山上去觅珊瑚吧，／你到海底去觅花枝吧；什么是我们的好时光的纪念吗？／在这里，亲爱的，在这里，／这沉哀，这绛色的沉哀。"

夜 是①

夜是清爽而温暖；
飘过的风带着青春和爱底香味，
我的头是靠在你裸着的膝上，
你想笑，而我却哭了。②

温柔的是缢死在你底发上，③
它是那么长，那么细，那么香；
但是我是怕着，那飘过的风
要把我们底青春带去。④

我们只是被年海底波涛⑤
挟着飘去的可怜的 epaves，⑥
不要讲古旧的 romance 和理想的梦国了，⑦
纵然你有柔情，我有眼泪。

我是怕着：那飘过的风⑧
已把我们底青春和别人底一同带去了；
爱呵，你起来找一下吧，
它可曾把我们底爱情带去。

注：① 《望舒草》及《望舒诗稿》中，题改作《夜》。
　　② 《望舒草》及《望舒诗稿》中，此句作"你想微笑，

而我却想啜泣"。

③《望舒草》及《望舒诗稿》中,"发上"作"发丝上"。

④《望舒草》及《望舒诗稿》中,"底"作"的"。

⑤《望舒草》及《望舒诗稿》中,"底"作"的"。

⑥《望舒草》及《望舒诗稿》中,"epaves"作"沉舟"。

⑦《望舒草》及《望舒诗稿》中,此句作"不要讲古旧的绮腻风光了"。

⑧《望舒草》及《望舒诗稿》中,从此句起,改作:"我是害怕那飘过的风,/那带去了别人的青春和爱的飘过的风,/它也会带去了我们底,/然后丝丝地吹入凋谢了的蔷薇花丛。"

秋 天①

再过几日秋天是要来了,
默坐着,抽着陶器的烟斗,②
我已隐隐地听见它的歌吹③
从江水的船帆上。

它是在奏着管弦乐:
这个使我想起做过的好梦;
从前我认它是好友是错了,④
因为它带了忧愁来给我。⑤

林间的猎角声是好听的,
在死叶上的漫步也是乐事,
但是,独身汉的心地我是很清楚的,
今天,我是没有闲雅的兴致。⑥

我对它没有爱也没有恐惧,
我知道它所带来的东西的重量,⑦
我是微笑着,安坐在我的窗前,
当浮云带着恐吓的口气来说:秋天要来了,望舒先生!

⑧
注:①《望舒草》《望舒诗稿》中,题改作《秋》。
②《望舒草》《望舒诗稿》中,"陶器"作"陶制"。

③《望舒草》《望舒诗稿》中,此句作"我已隐隐听见它的歌吹",无"地"字。

④《望舒草》《望舒诗稿》中,此句作"我从前认它为好友是错了"。

⑤《望舒草》《望舒诗稿》中,"忧愁"作"烦忧"。

⑥《望舒草》《望舒诗稿》中,此句作"今天,我没有这闲雅的兴致。"

⑦《望舒草》《望舒诗稿》中,"我"作"你"。

⑧《望舒草》《望舒诗稿》中,"浮云"作"飘风";末句删去"要"字,作"秋天来了,望舒先生!"另列一行。

对于天的怀乡病

怀乡病,怀乡病,
这或许是一切有一张有些忧郁的脸,①
一颗悲哀的心,
而且老是缄默着,
还抽着一支烟斗的
人们的生涯吧。

怀乡病,哦,我呵,②
我也是这类人之一,③
我呢,我渴望着回返
到那个天,到那个如此青的天,
在那里我可以生活又死灭,
像在母亲的怀里,
一个孩子笑着和哭着一样。④

我呵,我真是一个怀乡病者,⑤
是对于天的,对于那如此青的天的,⑥
在那里我可以安安地睡着⑦
没有半边头风,没有不眠之夜,
没有心的一切的烦恼,
这心,它,已不是属于我的,
而有人已把它抛弃了

像人们抛弃了敝屣一样。

注：①《望舒草》《望舒诗稿》中，此句分列两行，作：这或许是一切／有一张有些忧郁的脸。

②《望舒草》《望舒诗稿》中，"呵"作"啊"。

③《望舒草》《望舒诗稿》中，此句作"我也许是这类人之一吧："。

④《望舒草》《望舒诗稿》中，此句作"一个孩子欢笑又啼泣"。

⑤《望舒草》《望舒诗稿》中，此句作"我啊，我是一个怀乡病者。"。

⑥《望舒草》《望舒诗稿》中，此句删去句首的"是"字。

⑦《望舒草》《望舒诗稿》中，此句作"那里，我是可以安憩地睡眠，"。

断　指

在一口老旧的，满积着灰尘的书橱中，
我保存着一个浸在酒精瓶中的断指；
每当无聊地去翻寻古籍的时候，
它就含愁地向我诉说一个使我悲哀的记忆。

它是被截下来的，从我一个已牺牲了的朋友底手上，
它是惨白的，枯瘦的，和我的友人一样，
时常萦系着我的，而且是很分明的，
是他将这断指交给我的时候的情景：

"为我保存着这可笑又可怜的恋爱的纪念吧，望舒，
在零落的生涯中，它是只能增加我的不幸的了。"①
他的话是舒缓的，沉着的，像一个叹息，
而他的眼中似乎是含着泪水，虽然微笑是在脸上。

关于他的"可怜又可笑的爱情"我是一些也不知道。
我知道的只是他是在一个工人家里被捕去的，②
随后是酷刑吧，随后是惨苦的牢狱吧，
随后是死刑吧，那等待着我们大家的死刑吧。

关于他"可笑又可怜的爱情"我是一些也不知道。
他从未对我谈起过，即使在喝醉了酒时；③

但是我猜想这一定是一段悲哀的故事,他隐藏着。
他想使它跟着截断的手指一同被遗忘了。④

这断指上还染着油墨底痕迹,
是赤色的,是可爱的,光辉的赤色的,⑤
它很灿烂地在这截断的手指上,⑥
正如他责备别人的懦怯的目光在我们的心头一样。⑦

这断指常带了轻微又粘着的悲哀给我,
但是它在我又是一件很有用的珍品,⑧
每当为了一件琐事而颓丧的时候,我会说:⑨
"好,让我拿出那个玻璃瓶来吧。"

注:①《望舒诗稿》中,"不幸的了"作"不幸了",删"的"字。
②《望舒诗稿》中,此句句末标点为";"。
③《望舒诗稿》中,"喝醉了酒时"作"喝醉酒时",删去"了"字,句末为句号。
④《望舒诗稿》中,"跟着"作"随着"。
⑤《望舒诗稿》中,"是可爱的"后面无","。
⑥《望舒诗稿》中,无"在"字,疑漏排。
⑦《望舒诗稿》中,"我们底"作"我底",删去"们"字。
⑧《望舒诗稿》中,"它在我"作"这在我"。
⑨《望舒诗稿》中,"我会说:"在下一行开头处;"好"后无逗号。

印　象

是飘落深谷去的
幽微的铃声吧,
是航到烟水去的
小小的渔船吧,
如果是青色的真珠;
它已堕到古井的暗水里。

林梢闪着的颓唐的残阳,
它轻轻地敛去了
跟着脸上浅浅的微笑。

从一个寂寞的地方起来的,
迢遥的,寂寞的呜咽,
又徐徐回到寂寞的地方,寂寞地。

到我这里来

到我这里来,假如你还存在着,
全裸着,披散了你的发丝:
我将对你说那只有我们两人懂得的话。

我将对你说为什么蔷薇有金色的花瓣,
为什么你有温柔而馥郁的梦,
为什么锦葵会从我们的窗间探首进来。

人们不知道的一切我们都会深深了解,
除了我的手的颤动和你的心的奔跳;
不要怕我发着异样的光的眼睛,
向我来:你将在我的臂间找到舒适的卧榻。

可是,啊,你是不存在着了,
虽则你的记忆还使我温柔地颤动,
而我是徒然地等待着你,每一个傍晚,①
在菩提树下,沉思地,抽着烟。②

注:① 1929 年 10 月 15 日《新文艺》第 1 卷第 2 号发表时,无"每一个傍晚"五字。
② 《望舒诗稿》中,"在菩提树下"作"在橙花下"。

祭 日

今天是亡魂的祭日,
我想起了我的死去了六年的友人。
或许他已老一点了,怅惜他爱娇的妻,①
他哭泣着的女儿,他剪断了的青春。

他一定是瘦了,过着飘泊的生涯,在幽冥中
但他的忠诚的目光是永远保留着的,
而我还听到他往昔的熟稔有劲的声音,
"快乐吗,老戴?"(快乐,唔,我现在已没有了。)

他不会忘记了我:这我是很知道的,
因为他还来找我,每月一两次,在我梦里,
他老是饶舌的,虽则他已归于永恒的沉寂,
而他带着忧郁的微笑的长谈使我悲哀。

我已不知道他的妻和女儿到哪里去了,
我不敢想起她们,我甚至不敢问他,在梦里;
当然她们不会过着幸福的生涯的,
像我一样,像我们大家一样。

快乐一点吧,因为今天是亡魂的祭日;
我已为你预备了在我算是丰盛了的晚餐,

你可以找到我园里的鲜果,
和那你所嗜好的陈威士忌酒。
我们的友谊是永远地柔和的,
而我将和你谈着幽冥中的快乐和悲哀。

注:① 1929 年 10 月 15 日《新文艺》第 1 卷第 2 号发表时,"怅惜他爱娇的妻"作"怀念他青年的妻"。

烦　忧

说是寂寞的秋的悒郁，
说是辽远的海的怀念。
假如有人问我烦忧的原故，
我不敢说出你的名字。

我不敢说出你的名字，
假如有人问我烦忧的原故：
说是辽远的海的怀念，
说是寂寞的秋的悒郁。

百合子①

百合子是怀乡病的可怜的患者,
因为她的家是在灿烂的樱花丛里的;
我们徒然有百尺的高楼和沉迷的香夜,
但温煦的阳光和朴素的木屋总常在她缅想中。

她度着寂寂的悠长的生涯,
她盈盈的眼睛茫然地望着远处;
人们说她冷漠的是错了,
因为她沉思的眼里是有着火焰。

她将使我为她而憔悴吗?
或许是的,但是谁能知道?
有时她向我微笑着,
而这忧郁的微笑使我也坠入怀乡病里。

她是冷漠的吗?不。
因为我们的眼睛是秘密地交谈着;
而她是醉一样地合上了她的眼睛的,
如果我轻轻地吻着她花一样的嘴唇。

注:①百合子系一日本舞女名。

八重子①

八重子是永远地忧郁着的，
我怕她会郁瘦了她的青春。
是的，我为她的健康挂虑着，
尤其是为她的沉思的眸子。

发的香味是簪着辽远的恋情，
辽远到要使人流泪；
但是要使她欢喜，我只能微笑，
只能像幸福者一样地微笑。

因为我要使她忘记她的孤寂，
忘记萦系着她的渺茫的乡思，
我要使她忘记她在走着
无尽的，寂寞的凄凉的路。

而且在她的唇上，我要为她祝福，
为我的永远忧郁着的八重子，
我愿她永远有着意中人的脸，
春花的脸，和初恋的心。

注：①八重子是一日本舞女名。

梦都子①
——致霞村②

她有太多的蜜饯的心——
在她的手上,在她的唇上,
然后跟着口红,最着指爪,
印在老绅士的颊上,
刻在醉少年的肩上。

我们是她年青的爸爸,诚然,
但也害怕我们的女儿到怀里来撒娇,
因为在蜜饯的心以外,
她还有蜜饯的乳房,
而在撒娇之后,她还会放肆。
你的衬衣上已有了贯矢的心,
而我的指上又有了纸捻的约指,
如果我爱惜我的秀发,
那么你又该受那心愿的忤逆。

注:①梦都子,一日本舞女名。
②霞村即徐霞村,20世纪30年代我国新感觉派作家。外国文学翻译家。

我的素描

辽远的国土的怀念者,
我,我是寂寞的生物。

假如把我自己描画出来,
那是一幅单纯的静物写生。

我是青春和衰老的集合体,
我有健康的身体和病的心。

在朋友间我有爽直的声名,
在恋爱上我是一个低能儿。

因为当一个少女开始爱我的时候。
我先就要栗然地惶恐。

我怕着温存的眼睛,
像怕初春青空的朝阳。

我是高大的,我有光辉的眼;
我用爽朗的声音恣意谈笑。

但在悒郁的时候,我是沉默的,
悒郁着,用我二十四岁的整个的心。

单恋者

我觉得我是在单恋着,
但是我不知道是恋着谁:
是一个在迷茫的烟水中的国土吗,
是一支在静默中零落的花吗,
是一位我记不起的陌路丽人吗?
我不知道。
我知道的是我的胸膨胀着,
而我的心悸动着,像在初恋中。

在烦倦的时候,
我常是暗黑的街头的踯躅者,
我走遍了嚣嚷的酒场,
我不想回去,好像在寻找什么。
飘来一丝媚眼或是塞满一耳腻语,
那是常有的事。
但是我会低声说:
"不是你!"然后跟跄地又走向他处。

人们称我为"夜行人",
尽便吧,这在我是一样的,
真的,我是一个寂寞的夜行人。
而且又是一个可怜的单恋者。

老之将至

我怕自己将慢慢地慢慢地老去,
随着那迟迟寂寂的时间,
而那每一个迟迟寂寂的时间,
是将重重地载着无量的怅惜的。

而在我坚而冷的圈椅中,在日暮,
我将看见,在我昏花的眼前
默过那些模糊的暗淡的影子:
一片娇柔的微笑,一只纤纤的手,
几双燃着火焰的眼睛,
或是几点耀着珠光的眼泪。

是的,我将记不清楚了:
在我耳边低声软语着
"在最适当的地方放你的嘴唇"的,
是那樱花一般的樱子①吗?
那是茹丽苔②吗,飘着懒倦的眼
望着她已卸了的锦缎的鞋子?
这些我都记不清楚了。
因为我老了。

我说,我是担忧着怕老去,

怕这些记忆凋残了,
一片一片地,像花一样;
只留着垂枯的枝条,孤独地。

注:①樱子,日本妇女名。

②茹丽叶,法语的音译,妇女名。此处用以指诗人心目中的美女。犹中国诗家用的"谢女""秋娘"之类。

秋天的梦

迢遥的牧女的羊铃①
摇落了轻的树叶。

秋天的梦是轻的,
那是窈窕的牧女之恋。

于是我的梦是静静地来了,
但却载着沉重的昔日。

唔,现在,我是有一些寒冷,
一些寒冷,和一些忧郁。

注:① 1931 年《小说月报》第 22 卷 1 月号发表时,"迢遥"作"辽远"。

前 夜
——夜的纪念，呈呐鸥兄①

在比志步尔启碇的前夜，②
托密的衣袖变作了手帕，③
她把眼泪和着唇脂拭在上面，
要为他壮行色，更加一点粉香。

明天会有太淡的烟和太淡的酒，
和磨不损的太坚固的时间，
而现在，她知道应该有怎样的忍耐；
托密已经醉了，而且疲倦得可怜。

这的橙花香味的南方的少年，④
他不知道明天只能看见天和海——
或许在"家，甜蜜的家"里他会康健些，⑤
但是他的温柔的亲戚却要更瘦，更瘦。

注：①呐鸥即刘呐鸥(1900-1939)，原名刘灿波，笔名洛生。三十年代我国新感觉派主要作家，曾开办第一线书店，水沫书店。

②1932年5月1日《现代》创刊号发表时，"比志步尔"作"斯登步尔"，"斯登步尔"系当时一邮船船名。

③托密是一日本舞女的绰号。

④1932年5月1日《现代》创刊号发表时，"这的橙花"作"这有橙花"。

⑥"家,甜蜜的家"是歌剧《米兰的少女》中一首独唱曲,由J.H.培恩作词,英国H.R.比肖普作曲。曾在我国广泛流传。

我的恋人

我将对你说我的恋人,
我的恋人是一个羞涩的人,
她是羞涩的,有着桃色的脸,
桃色的嘴唇,和一颗天青色的心。

她有黑色的大眼睛,
那不敢凝看我的黑色的大眼睛——
不是不敢,那是因为她是羞涩的;
而当我依在她胸头的时候,
你可以说她的眼睛是变换了颜色,
天青的颜色,她的心的颜色。

她有纤纤的手,
它会在我烦忧的时候安抚我,
她有清朗而爱娇的声音,
那是只向我说着温柔的,
温柔到销熔了我的心的话的。

她是一个静娴的少女,
她知道如何爱一个爱她的人,
但是我永远不能对你说她的名字,
因为她是一个羞涩的恋人。

村　姑

村里的姑娘静静地走着，
提着她的蚀着青苔的水桶；
溅出来的冷水滴在她的跣足上，
而她的心是在泉边的柳树下。

这姑娘会静静地走到她的旧屋去，
那在一棵百年的冬青树荫下的旧屋，
而当她想到在泉边吻她的少年，
她会微笑着，抿起了她的嘴唇。

她将走到那古旧的木屋边，
她将在那里惊散了一群在啄食的瓦雀，
她将静静地走到厨房里，
又静静地把水桶放在干刍边。

她将帮助她的母亲造饭，
而从田间回来的父亲将坐在门槛上抽烟，
她将给猪圈里的猪喂食，
又将可爱的鸡赶进它们的窠里去。

在暮色中吃晚饭的时候，
她的父亲会谈着今年的收成，

他或许会说到她的女儿的婚嫁,
而她便将羞怯地低下头去。

她的母亲或许会说她的懒惰,
(她打水的迟延便是一个好例子,)
但是她会不听到这些话,
因为她在想着那有点鲁莽的少年。

野　宴

对岸青叶荫下的野餐，
只有百里香和野菊作伴；
河水已洗涤了碍人的礼仪，①
白云遂成为飘动的天幕。

那里有木叶一般绿的薄荷酒，
和你所爱的芬芳的腊味，
但是这里有更可口的芦笋
和更新鲜的乳酪。

我的爱软的草的小姐，
你是知味的美食家：
先尝这开胃的饮料，
然后再试那丰盛的名菜。

注：① 《望舒诗稿》中，"河水"作"溪水"。

三顶礼

引起寂寂的旅愁的,
翻着软浪的暗暗的海,
我的恋人的发,
受我怀念的顶礼。

恋之色的夜合花,
佻挞的夜合花
我的恋人的眼,
受我沉醉的顶礼。

给我苦痛的螫的,
苦痛的但是欢乐的螫的,
你小小的红翅的蜜蜂,
我的恋人的唇,
受我怨恨的顶礼。

二 月

春天已在野菊的头上逡巡着了，
春天已在斑鸡的羽上逡巡着了，
春天已在青溪的藻上逡巡着了，
绿荫的林遂成为恋的众香国。

于是原野将听倦了谎话的交换，
而不载重的无邪的小草
将醉着温软的皓体的甜香；

于是，在暮色冥冥里
我将听了最后一个游女的惋叹，
拈着一支蒲公英缓缓地归去。

小 病

从竹帘里漏进来的泥土的香,
在浅春的风里它几乎凝住了;
小病的人嘴里感到了莴苣的脆嫩,
于是遂有了家乡小园的神往。

小园里阳光是常在芸苔的花上吧,
细风是常在细腰蜂的翅上吧,
病人吃的莱菔的叶子许被虫蛀了
而雨后的韭菜却许已有甜味的嫩芽了。

现在,我是害怕那使我脱发的饕餮了,
就是那滑腻的海鳗般美味的小食也得斋戒,
因为小病的身子在浅春的风里是软弱的,
况且我又神往于家园阳光下的莴苣。

款　步（一）

这里是爱我们的苍翠的松树，
它曾经遮过你的羞涩和我的胆怯，
我们的这个同谋者是有一个好记性的
现在，它还向我们说着旧话，但并不揶揄。

还有那多嘴的深草间的小溪，
我不知道它今天为什么缄默：
我不看见它，或许它已换一条路走了，
饶舌着，施施然绕着小村而去了。

这边是来做夏天的客人的闲花野草，
它们是穿着新装，像在婚筵里，
而且在微风里对我们作有礼貌的礼敬，
好像我们就是新婚夫妇。

我的小恋人，今天我不对你说草木的恋爱，
却让我们的眼睛静静地说我们自己的，
而且我要用我的舌头封住你的小嘴唇了，
如果你再说：我已闻到你的愿望的气味。

款　步（二）

答应我绕过这些木棚，
去坐在江边的游椅上。
啮着沙岸的永远的波浪，
总会从你投出着的素足
撼动你抿紧的嘴唇的。
而这里，鲜红并寂静得
与你底嘴唇一样的枫林间，
虽然残秋的风还未来到，
但我已经从你的缄默里，
觉出了它的寒冷。

过 时

说我是一个在怅惜着，
怅惜着好往日的少年吧，
我唱着我的崭新的小曲，
而你却揶揄：多么"过时！"

是呀，过时了，我的"单恋女"
都已经变作妇人或是母亲，[①]
而我，我还可怜地年轻——
年轻？不吧，有点靠不住。

是呀，年轻是有点靠不住，
说我是有一点老了吧！
你只看我拿手杖的姿态[②]
它会告诉你一切；而我的眼睛亦然。

老实说，我是一个年轻的老人了：[③]
对于秋草秋风是太年轻了，
而对于春月春花却又太老。

注：① 1932 年 5 月 1 日《现代》创刊号发表时"妇人"作"少妇"。
　　② 1932 年 5 月 1 日《现代》创刊号发表时"拿手杖"作"戴帽子"。
　　③ 1932 年 5 月 1 日《现代》创刊号发表时"年轻的"作"年轻了的"。

有　赠①

谁曾为我束起许多花枝，
灿烂过又憔悴了的花枝，
谁曾为我穿起许多泪珠，②
又倾落到梦里去的泪珠？③

我认识你充满了怨恨的眼睛，
我知道你愿意缄在幽暗中的话语，
你引我到了一个梦中，
我却又在另一个梦中忘了你。

我的梦和我的遗忘中的人，
哦，受过我暗自祝福的人，④
终日有意地灌溉着蔷薇，
我却无心地让寂寞的兰花愁谢。

注：① 1936 年，作曲家陈歌辛曾协助作者将此诗改为歌词，并由陈谱曲作为影片《初恋》的主题歌。

②③ 1932 年 5 月 1 日《现代》创刊号发表时"泪珠"均作"眼泪"。

④ 1932 年 5 月 1 日《现代》创刊号发表时"暗自""私自"。

游子谣①

海上微风起来的时候,
暗水上开遍青色的蔷薇。
——游子的家园呢?

篱门是蜘蛛的家,
土墙是薜荔的家,
枝繁叶茂的果树是鸟雀的家。

游子却连乡愁也没有,
他沉浮在鲸鱼海蟒间:
让家园寂寞的花自开自落吧。

因为海上有青色的蔷薇,
游子要萦系他冷落的家园吗?
还有比蔷薇更清丽的旅伴呢。②

清丽的小旅伴是更甜蜜的家园,
游子的乡愁在那里徘徊踯躅。
唔,永远沉浮在鲸鱼海蟒间吧。

注:①此诗最初发表于 1932 年 7 月 1《现代》第 1 卷第 3 期,收入《望舒诗稿》时,删去了第五节,全诗共四节。

② 1932年7月1日《现代》第1卷第3期发表时"清丽"作"清冷"。

秋　蝇

木叶的红色，
木叶的黄色，
木叶的土灰色，
窗外的下午！

用一双无数的眼睛，
衰弱的苍蝇望得昏眩。
这样窒息的下午啊！
它无奈地搔着头搔着肚子。

木叶，木叶，木叶，
无边木叶萧萧下。

玻璃窗是寒冷的冰片了，
太阳只有苍茫的色泽。
巡回地散一次步吧！
它觉得它的脚软。

红色，黄色，土灰色，
昏眩的万花筒的图案啊！

迢遥的声音，古旧的，

大伽蓝的钟磬？天末的风？
苍蝇有点僵木，
这样沉重的翼翅啊！

飘下地，飘上天的木叶旋转着，
红色，黄色，土灰色的错杂的回轮。

无数的眼睛渐渐模糊，昏黑，
什么东西压到轻绡的翅上，
身子像木叶一般地轻，
载在巨鸟的翎翮上吗？

夜行者

这里他来了:夜行者!
冷清清的街上有沉着的跫音,
从黑茫茫的雾,
到黑茫茫的雾。

夜的最熟稔的朋友,
他知道它的一切琐碎,
那么熟稔,在它的熏陶中
他染了它一切最古怪的脾气。

夜行者是最古怪的人。
你看他走在黑夜里:
戴着黑色的毡帽,
迈着夜一样静的步子。

微　辞

园子里蝶褪了粉蜂褪了黄，
则木叶下的安息是允许的吧，
然而好弄玩的女孩子是不肯休止的，
"你瞧我的眼睛，"她说，"它们恨你！"

女孩子有恨人的眼睛，我知道，
她还有不洁的指爪，
但是一点恬静和一点懒是需要的，
只瞧那新叶下静静的蜂蝶。

魔道者使用曼陀罗根或是枸杞，
而人却像花一般地顺从时序，
夜来香娇妍地开了一个整夜，
朝来送入温室一时能重鲜吗？

园子都已恬静，
蜂蝶睡在新叶下，
迟迟的永昼中
无厌的女孩子也该休止。

妾薄命

一枝,两枝,三枝,
床巾上的图案花
为什么不结果子啊!
过去了:春天,夏天,秋天。

明天梦已凝成了冰柱;
还会有温煦的太阳吗?
纵然有温煦的太阳,跟着檐溜,
去寻坠梦的玎玨冬吧!

少年行

是簪花的老人呢,
灰暗的篱笆披着茑萝;

旧曲在颤动的枝叶间死了,
新蜕的蝉用单调的生命赓续。

结客寻欢都成了后悔,
还要学少年的行踪吗?

平静的天,平静的阳光下,
烂熟的果子平静地落下来了。

旅　思

故乡芦花开的时候,
旅人的鞋跟染着征泥,
粘住了鞋跟,粘住了心的征泥,
几时经可爱的手拂拭?

栈石星饭的岁月,
骤山骤水的行程:
只有寂静中的促织声,
给旅人尝一点家乡的风味。

不 寐

在沉静底音波中,
每个爱娇的影子,
在眩晕的脑里,
作瞬间的散步;

只是短促的瞬间,
然后列成桃色的队伍,
月移花影地淡然消溶:
飞机上的阅兵式。

掌心抵着炎热的前额,
腕上有急促的温息;
是那一宵的觉醒啊?
这种透过皮肤的温息。

让沉静底最高的音波,
来震破脆弱的耳膜吧。
窒息的白色的帐子,墙……
什么地方去喘一口气呢?

深闭的园子

五月的园子
已花繁叶满了，
浓荫里却静无鸟喧。

小径已铺满苔藓，
而篱门的锁也锈了——
主人却在迢遥的太阳下。

在迢遥的太阳下，
也有璀璨的园林吗？

陌生人在篱边探首，
空想着天外的主人。

灯（一）

士为知己者用,
故承恩的灯
遂做了恋的同谋人:
作憧憬之雾的
青色的灯,
作色情之屏的
桃色的灯。

因为我们知道爱灯,
如仁者乐山,智者乐水,
为供它的法眼的鉴赏
我们展开秘藏的风俗画:
灯却不笑人的风魔。

在灯的友爱的光里,
人走进了美容院;
千手千眼的技师,
替人匀着最宜雅的脂粉,
于是我们便目不暇给。

太阳只发着学究的救训,
而灯光却作着亲切的密语,

至于交头接耳的暗黑,
就是饕餮者的施主了。

寻梦者

梦会开出花来的，
梦会开出娇妍的花来的，
去求无价的珍宝吧。

在青色的大海里，
在青色的大海的底里，
深藏着金色的贝一枚。

你去攀九年的冰山吧，
你去航九年的瀚海吧，
然后你逢到那金色的贝。

它有天上的云雨声，
它有海上的风涛声，
它会使你的心沉醉。

把它在海水里养九年，
把它在天水里养九年，
然后，它在一个暗夜里开绽了。

当你鬓发斑斑了的时候，
当你眼睛蒙眬了的时候，

金色的贝吐出桃色的珠。

把桃色的珠放在你怀里,
把桃色的珠放在你枕边,
于是一个梦静静地升上来了。

你的梦开出花来了。
你的梦开出娇妍的花来了,
在你已衰老了的时候。

乐园鸟

飞着,飞着,春,夏,秋,冬,
昼,夜,没有休止,
华羽的乐园鸟,
这是幸福的云游呢,
还是永恒的苦役?

渴的时候也饮露,
饥的时候也饮露,
华羽的乐园鸟,
这是神仙的佳肴呢,
还是为了对于天的乡思?

是从乐园里来的呢,
还是到乐园里去的?
华羽的乐园鸟,
在茫茫的青空中,
也觉得你的路途寂寞吗?

假使你是从乐园里来的,
可以对我们说吗,
华羽的乐园鸟,
自从亚当,夏娃被逐后,
那天上的花园已荒芜到怎样了?

见毋忘我花

为你开的,
为我开的毋忘我花,
为了你的怀念,
为了我的怀念,
它在陌生的太阳下,
陌生的树林间,
谦卑地,悒郁地开着。

在僻静的一隅,
它为你向我说话,
它为我向你说话;
它重数我们用凝望
远方的潮润的眼睛,
在沉默中所说的话,
而它的语宣又是
像我们的眼一样沉默。

开着吧,永远开着吧,
挂虑我们的小小的青色的花。

微 笑

轻岚从远山飘开,
水蜘蛛在静水上徘徊;
说吧:无限意,无限意。

有人微笑,
一颗心开出花来,
有人微笑,
许多脸儿忧郁起来。

做定情之花带的点缀吧,
做迢遥之旅愁的凭借吧。

霜　花

九月的霜花,
十月的霜花,
雾的娇女,
开到我鬓边来。

装点着秋叶,
你装点了单调的死,
雾的娇女,
来替我簪你素艳的花。

你还有珍珠的眼泪吗?
太阳已不复重燃死灰了。
我静观我鬓丝的零落,
于是我迎来你所装点的秋。

古意答客问

孤心逐浮云之炫烨的卷舒,
惯看青空的眼喜侵阈的青芜。
你问我的欢乐何在?
——窗头明月枕边书。

侵晨看岚踯躅于山巅,
入夜听风琐语于花间。
你问我的灵魂安息于何处?
——看那袅绕地、袅绕地升上去的炊烟

渴饮露,饥餐英;
鹿守我的梦,鸟祝我的醒。
你问我可有人间世的挂虑?
——听那消沉下去的百代之过客的跫音

1934 年 12 月 5 日

灯（二）

灯守着我，劬劳地，
凝看我眸子中
有穿着古旧的节日衣衫的
欢乐儿童，
忧伤稚子，
像木马栏似地
转着，转着，永恒地……

而火焰的春阳下的树木般的
小小的爆裂声，
摇着我，摇着我，
柔和地。

美丽的节日萎谢了，
木马栏犹自转着，转着……
灯徒然怀着母亲的劬劳，
孩子们的彩衣已褪了颜色。

已矣哉！
采撷黑色大眼睛的凝视
去织最绮丽的梦网！
手指所触的地方：

火凝作冰焰，
花幻为枯枝。
灯守着我。让它守着我！

曦阳普照，蜥蜴不复浴其光，
帝王长卧，鱼烛永恒地高烧，
在他森森的陵寝。

这里，一滴一滴地，
寂静坠落，坠落，坠落。

1934 年 12 月 21 日

秋叶思

谁家动刀尺?
心也需要秋衣。

听鲛人的召唤,
听木叶的呼吸!
风从每一条脉络进来,
窃听心的枯裂之音。

诗人云:心即是琴。
谁听过那古旧的阳春白雪?
为真知的死者的慰藉,
有人已将它悬在树梢,
为天籁之凭托——
但曾一度谛听的飘逝之音。

而断裂的吴丝蜀桐,
仅使人从弦柱间思忆华年。

1935 年 7 月 6 日

小　曲

啼倦的鸟藏喙在彩翎间。
音的小灵魂向何处翩跹？
老去的花一瓣瓣委尘土，
香的小灵魂在何处流连？

它们不能在地狱里，不能
这么好，那么好的灵魂！
那么是在天堂，在乐园里？
摇摇头，圣彼得可也否认．

没有人知道在哪里，没有，
诗人却微笑而三缄其口：
有什么东西在调和氤氲，
在他的心的永恒的宇宙．

1936 年 5 月 14 日

赠克木

我不懂别人为什么给那些星辰
取一些它们不需要的名称,
它们闲游在太空,无牵无挂,
不了解我们,也不求闻达。

记着天狼,海王,大熊……这一大堆,
还有它们的成分,它们的方位,
你绞干了脑汁,胀破了头,
弄了一辈子,还是个未知的宇宙。

星来星去,宇宙运行,
春秋代序,人死人生,
太阳无量数,太空无限大,
我们只是倏忽渺小的夏虫井蛙。

不痴不聋,不作阿家翁,
为人之大道全在懵懂,
最好不求甚解,单是望望,
看天,看星,看月,看太阳。

也看山,看水,春云,看风,
看春夏秋冬之不同,

还看人世的痴愚，人世的恍惚：
静默地看着，乐在其中。

乐在其中，乐在空与时以外，
我和欢乐都超越过一切的境界，
自己成一个宇宙，有它的日月星，
来供你钻究，让你皓首穷经。

或是我将变一颗奇异的彗星
在太空中欲止即止，欲行即行，
让人算不出轨迹，瞧不透道理，
然后把太阳敲成碎火，把地球撞成泥。

1936 年 5 月 18 日

眼

在你的眼睛的微光下,
迢遥的潮汐升涨:
玉的珠贝,
青铜的海藻……
千万尾飞鱼的翅,
剪碎分而复合的,
顽强的渊深的水。

无渚涯的水,
暗青色的水!
在什么经纬度上的海中,
我投身又沉溺在
以太阳之灵照射的诸太阳间,
以月亮之灵映光的诸月亮间,
以星辰之灵闪烁的诸星辰间?
于是我是彗星,
有我的手,
有我的眼,
并尤其有我的心。
我晞曝于你的眼睛的
苍茫朦胧的微光中,
并在你上面,

在你的太空的镜子中
鉴照我自己的
透明而畏寒的
火的影子,
死去或冰冻的火的影子。

我伸长,我转着,
我永恒地转着,
在你的永恒的周围
并在你之中……

我是从天上奔流到海,
从海奔流到天上的江河,
我是你每一条动脉,
每一条静脉,
每一个微血管中的血液,
我是你的睫毛
(它们也同样在你的
眼睛的镜子里顾影),
是的,你的睫毛,你的睫毛,
而我是你,
因而我是我。

    1936 年 10 月 19 日

夜 蛾

绕着蜡烛的圆光,
夜蛾做可怜的循环舞,
这些众香国的谪仙不想起
已死的虫,未死的叶。

说这是小睡中的亲人,
飞越关山,飞越云树,
来慰藉我们的不幸,
或者是怀念我们的死者,
被记忆所逼,离开了寂寂的夜台来。

我却明白它们就是我自己,
因为它们用彩色的大绒翅
遮覆住我的影子,
让它留在幽暗里。
这只是为了一念,不是梦,
就像那一天我化成凤。

1936 年 12 月 26 日

寂 寞

园中野草渐离离,
托根于我旧时的脚印,
给他们披青春的彩衣;
星下的盘桓从兹消隐。

日子过去,寂寞永存,
寄魂于离离的野草,
像那些可怜的灵魂,
长得如我一般高。

我今不复到园中去,
寂寞已如我一般高:
我夜坐听风,昼眠听雨,
悟得月如何缺,天如何老。

    1937 年 2 月 12 日

我思想

我思想,故我是蝴蝶……
万年后小花的轻呼
透过无梦无醒的云雾,
来振撼我斑斓的彩翼。

1937 年 3 月 14 日

元日祝福

新的年岁带给我们新的希望,
祝福!我们的土地,
血染的土地,焦裂的土地,
更坚强的生命将从而滋长。

新的年岁带给我们新的力量,
祝福!我们的人民,
坚苦的人民,英勇的人民,
苦难会带来自由解放。

1939 年元旦日

白蝴蝶

给什么智慧给我,
小小的白蝴蝶,
翻开了空白之页,
合上了空白之页?

翻开的书页:
寂寞;
合上的书页:
寂寞。

1940年5月3日

致萤火

萤火,萤火,
你来照我。

照我,照这沾露的草,
照这泥土,照到你老。

我躺在这里,让一颗芽
穿过我的躯体,我的心,
长成树,开花;

让一片青色的鲜苔,
那么轻,那么轻
把我全身遮盖,

像一双小手纤纤,
当往日我在昼眠,
把一条薄被
在我身上轻披。

我躺在这里
咀嚼着太阳的香味;
在什么别的天地,

云雀在青空中高飞。

萤火,萤火,
给一缕细细的光线——
够担得起记忆,
够把沉哀来吞咽!

1941 年 6 月 26 日

狱中题壁

如果我死在这里,
朋友啊,不要悲伤,
我会永远地生存
在你们的心上。

我们之中的一个死了,
在日本占领地的牢里,
他怀着的深深仇恨,
你们应该永远地记忆。

当你们回来,从泥土
崛起他伤损的肢体,
用你们胜利的欢呼
把他的灵魂高高扬起,

然后把他的白骨放在山峰。
曝着太阳。沐着飘风:
在那暗黑潮湿的土牢,
这曾是他唯一的美梦。

1942 年 4 月 27 日

我用残损的手掌

我用残损的手掌
摸索这广大的土地:
这一角已变成灰烬,
那一角只是血和泥;
这一片湖该是我的家乡,
(春天,堤上繁花如锦幛,
嫩柳枝折断有奇异的芬芳,)
我触到荇藻和水的微凉;
这长白山的雪峰冷到彻骨,
这黄河的水夹泥沙在指间滑出;
江南的水田,你当年新生的禾草
是那么细,那么软……现在只有蓬蒿;
岭南的荔枝花寂寞地憔悴,
尽那边,我蘸着南海没有渔船的苦水……
无形的手掌掠过无限的江山,
手指沾了血和灰,手掌黏了阴暗,
只有那辽远的一角依然完整,
温暖,明朗,坚固而蓬勃生春。
在那上面,我用残损的手掌轻抚,
像恋人的柔发,婴孩手中乳。
我把全部的力量运在手掌
贴在上面,寄予爱和一切希望,

因为只有那里是太阳，是春，
将驱逐阴暗，带来苏生，
因为只有那里我们不像牲口一样活，
蝼蚁一样死……那里，永恒的中国！

1942 年 7 月 3 日

心　愿

几时可以开颜笑笑，
把肚子吃一个饱，
到树林子去散一会儿步，
然后回来安逸地睡一觉？
只有把敌人打倒。

几时可以再看见朋友们，
跟他们游山，玩水，谈心，
喝杯咖啡，抽一支烟，
念念诗，坐上大半天？
只有送敌人入殓。

几时可以一家团聚，
拍拍妻子，抱抱儿女，
烧个好菜，看本电影，
回来围炉谈笑到更深？
　　只有将敌人杀尽。

只有起来打击敌人，
自由和幸福才会临降，
否则这些全是白日梦
和没有现实的游想。

　　　　1943 年 1 月 28 日

等 待（一）

我等待了两年，
你们还是这样遥远啊！
我等待了两年，
我的眼睛已经望倦啊！

说六个月可以回来啦，
我却等待了两年啊，
我已经这样衰败啦，
谁知道还能够活几天啊。

我守望着你们的脚步，
在熟稔的贫困和死亡间，
当你们再来，带着幸福，
会在泥土中看见我张大的眼。

1943 年 12 月 31 日

等 待（二）

你们走了，留下我在这里等，
看血污的铺石上徘徊着鬼影，
饥饿的眼睛凝望着铁栅，
勇敢的胸膛迎着白刃：
耻辱粘着每一颗赤心，
在那里，炽烈地燃烧着悲愤。

把我遗忘在这里，让我见见
屈辱的极度，沉痛的界限，
做个证人，做你们的耳，你们的眼，
尤其做你们的心，受苦难，磨练，
仿佛是大地的一块，让铁蹄蹂践，
仿佛是你们的一滴血，遗在你们后面。

没有眼泪没有语言的等待：
生和死那么紧地相贴相挨，
而在两者间，冗长的岁月在那里挤，
结伴儿走路，好像难兄难弟。

冢地只两步远近，我知道
安然占六尺黄土，盖六尺青草；
可是这儿也没有什么大不同，

在这阴湿、窒息的窄笼:
做白虱的巢穴,做泔脚缸,
让脚气慢慢延伸到小腹上,
做柔道的呆对手,剑术的靶子,
从口鼻一齐喝水,然后给踩肚子,
膝头压在尖钉上,砖头垫在脚踵上,
听鞭子在皮骨上舞,坐飞机在梁上荡……

多少人从此就没有回来,
然而活着的却耐心地等待。

让我在这里等待,
耐心地等你们回来:
做你们的耳目,我曾经生活,
做你们的心,我永远不屈服。

1944 年 1 月 18 日

过旧居

这样迟迟的日影,
这样温暖的寂静,
这片午饮的香味,
对我是多么熟稔。

这带露台,这扇窗
后面有幸福在窥望,
还有几架书,两张床,
一瓶花……这已是天堂。

我没有忘记:这是家,
妻如玉,女儿如花,
清晨的呼唤和灯下的闲话,
想一想,会叫人发傻;

单听他们亲昵地叫,
就够人整天地骄傲,
出门时挺起胸,伸直腰,
工作时也抬头微笑。

现在……可不是我回家的午餐?
…… 桌上一定摆上了盘和碗,

亲手调的羹，亲手煮的饭，
想起了就会嘴馋。

这条路我曾经走了多少回！
多少回？……过去都压缩成一堆，
叫人不能分辨，日子是那么相类，
同样幸福的日子，这些孪生姊妹！

我可糊涂啦，
是不是今天出门时我忘记说"再见"？
还是这事情发生在许多年前，
其中间隔着许多变迁？

可是这带露台，这扇窗，
那里却这样静，没有声响，
没有可爱的影子，娇小的叫嚷，
只是寂寞，寂寞，伴着阳光。

而我的脚步为什么又这样累？
是否我肩上压着苦难的岁月，
压着沉哀，透渗到骨髓，
使我眼睛蒙眬，心头消失了光辉？

为什么辛酸的感觉这样新鲜？
好像伤没有收口，苦味在舌间。
是一个归途的设想把我欺骗，
还是灾难的岁月真横亘其间？

我不明白，是否一切都没改动，

却是我自己做了白日梦，
而一切都在那里，原封不动：
欢笑没有冰凝，幸福没有尘封？

或是那些真实的岁月，年代，
走得太快一点，赶上了现在，
回过头来瞧瞧，匆忙又退回来，
再陪我走几步，给我瞬间的欢快？

有人开了窗，
有人开了门，
走到露台上
——一个陌生人。

生活，生活，漫漫无尽的苦路！
咽泪吞声，听自己疲倦的脚步：
遮断了魂梦的不仅是海和天，云和树，
无名的过客在往昔作了瞬间的踟蹰。

1944 年 3 月 10 日

示长女

记得那些幸福的日子,
女儿,记在你幼小的心灵,
你童年点缀着海鸟的彩翎,
贝壳的珠色,潮汐的清音,
山岚的苍翠,繁花的锈锦,
和爱你的父母的温存。

我们曾有一个安乐的家,
环绕着淙淙的泉水声,
冬天曝着太阳,夏天笼着清荫,
白天有朋友,晚上有恬静,
岁月在窗外流,不来打扰,
屋里终年长驻的欢欣,
如果人家窥见我们在灯下谈笑,
就会觉得单为了这也值得过一生。

我们曾有一个临海的园子,
它给我们滋养的番茄和金笋,
你爸爸读倦了书去垦地,
你呢,你在草地上追彩蝶,
然后在温柔的怀里寻温柔的梦境。

人人说我们最快活,
也许因为我们生活得蠢,
也许因为你妈妈温柔又美丽,
也许因为你爸爸诗句最清新。

可是,女儿,这幸福是短暂的,
一霎时都被云锁烟埋;
你记得我们的小园临大海,
从那里你一去就不再回来,
从此我对着那迢遥的天河,
松树下常常徘徊到暮霭。

那些绚烂的日子,像彩蝶,
现在枉费你摸索追寻,
我仿佛看见你从这间房
到那间,用小手挥逐阴影,
然后,缅想着天外的父亲,
把疲倦的头搁在小小的绣枕。

可是,记得那些幸福的日子,
女儿,记在你幼小的心灵,
你爸爸仍旧会来,像往日,
守护你的梦,守护你的醒。

    1944 年 6 月 27 日

在天晴了的时候

在天晴了的时候,
该到小径中去走走:
给雨润过的泥路,
一定是凉爽又温柔;
炫耀着新绿的小草,
已一下子洗净了尘垢;
不再胆怯的小白菊,
慢慢地抬起它们的头,
试试寒,试试暖,
然后一瓣瓣地绽透;
抖去水珠的凤蝶儿
在木叶间自在闲游,
把它的饰彩的智慧书页
曝着阳光一开一收。

到小径中去走走吧,
在天晴了的时候:
赤着脚,携着手,
踏着新泥,涉过溪流。

新阳推开了阴霾了,
溪水在温风中晕皱,

看山间移动的暗绿——
云的脚迹——它也在闲游。

1944年6月2日

赠　内

空白的诗贴，
幸福的年岁，
因为我苦涩的诗节
只为灾难树里程碑。

即使清丽的词华
也会消失它的光鲜，
恰如你鬓边憔悴的话
映着明媚的朱颜。

不如寂寞的过一世，
守着你光彩的薰沐，
一旦为后人说起时，
但叫人说往昔某人最幸福。

　　　　　1944 年 6 月 9 日

萧红墓畔口占

走六小时寂寞的长途,
到你头边放一束红山茶,
我等待着,长夜漫漫,
你却卧听着海涛闲话。

    1944 年 11 月 20 日

口 号

盟军的轰炸机来了,
看他们勇敢地飞翔,
向他们表示沉默的欢快,
但却永远不要惊慌。

看敌人四处钻,发抖;
盟军的轰炸机来了,
也许我们会碎骨粉身,
但总比死在敌人手上好。

我们需要冷静,坚忍,
离开兵营,工厂,船坞:——
盟军的轰炸机来了,
叫敌人踏上死路。

苦难的岁月不会再迟延,
解放的好日子就快到,
你看带着这消息的
盟军的轰炸机来了。

1945 年 1 月 16 日香港大轰炸中

偶 成

如果生命的春天重到,
古旧的凝冰都哗哗地解冻,
那时我会再看见灿烂的微笑,
再听见明朗的呼唤——这些迢遥的梦。

这些好东西都决不会消失,
因为一切好东西都永远存在,
它们只是像冰一样凝结,
而有一天会像花一样重开。

1945 年 5 月 31 日

流 水

在寂寞的黄昏里
我听见流水嘹亮的言语

"穿过暗黑的,暗黑的林,
流到那边去!
到升出赤色的太阳海去。

"你,被践踏的草和被弃的花,
一同去,跟着我们的流一同去。

"冲过横在路头的顽强的石,
溅起来,溅起浪花来,
从它上面冲过去!

"泻过草地,泻过绿色的草地,
没有踟躇或是休止,
把握你的意志。

"我们是各处的水流的集体,
从山间,从乡村,
从城市的沟渠……
我们的力的力。

"决了堤防,破了闸!
阻拦我们吗?
你会看见你的毁灭……"

在一个寂寂的黄昏里,
我看见一切的流水,
在同一个方向中,
奔流到太阳的家乡去。

原载 1930 年 3 月 15 日《新文艺》2 卷 1 号。

我们的小母亲

机械将完全地改变了,在未来的日子——
不是那可怖的汗和血的榨床,
不是驱向贫和死的恶魔的大车。
它将成为可爱的,温柔的,
而且仁慈的,我们的小母亲,
一个爱着自己的多数的孩子的,
用有力的,热爱的手臂,
紧抱着我们,抚爱着我们的
我们这一类人的小母亲。

是啊,我们将没有了恐慌,没有了憎恨,
我们将热烈地爱它,用我们多数的心。
我们不会觉得它是一个静默的铁的神秘,
在我们,它是有一颗充着慈爱的血的心的,
一个人间的孩子们的母亲。

于是,我们将劳动着,相爱着,
在我们的小母亲的怀里,
在我们的小母亲的怀里,
我们将互相了解,
更深切地互相了解……
而我们将骄傲地自庆着,

是啊，骄傲地，有一个
完全为我们的幸福操作着
慈爱地抚育着我们的小母亲，
我们的有力的铁的小母亲！

原载1930年3月15日《新文艺》2卷1号。

昨　晚

我知道昨晚在我们出门的时候，
我们的房里一定有一次热闹的宴会，
那些常被我的宾客们当作没有灵魂的东西，
不用说，都是这宴会的佳客：
这事情我也能容易地觉出，
否则这房里决不会零乱，
不会这样氤氲着烟酒的气味。
它们现在是已安分守己了，
但是扶着残醉的洋娃娃却眨着眼睛，
我知道她还会撒痴撒娇：
她的头发是那样地蓬乱，而舞衣又那样地皱，
一定的，昨晚她已被亲过了嘴。
那年老的时钟显然已喝得太多了，
他还渴睡着，而把他的职司忘记；
拖鞋已换了方向，易了地位，
他不安静地躺在床前，而横出榻下。
粉盒和香水瓶自然是最漂亮的娇客，
因为她们是从巴黎来的，
而且准跳过那时行的"黑底舞"；
还有那个龙钟的瓷佛，他的年岁比我们还大，
他听过我祖母的声音，又受过我父亲的爱抚，
他是慈爱的长者，他必然居过首席，

(他有着一颗什么心会和那些后生小子和谐?)
比较安静的恐怕只有那桌上的烟灰盂,
他是昨天刚在大路上来的,他是生客。

还有许许多多的有伟大的灵魂的小东西,
它们现在都已敛迹,而且又装得那样规矩,
它们现在是那样安静,但或许昨晚最会胡闹。
对于这些事物的放肆我倒并不嗔怪,
我不会发脾气,因为像我们一样,
它们在有一些的时候也应得狂欢痛快。
但是我不懂得它们为什么会胆小害怕我们,
我们不是严厉的主人,我们愿意它们同来!
这些我们已有过了许多证明,
如果去问我的荷兰烟斗,它便会讲给你听。

原载 1931 年 10 月 20 日《北斗》第 1 卷 2 期。

独自的时候

房里曾充满过清朗的笑声,
正如花园里曾充满过蔷薇,
人在满积着梦的灰尘中抽烟,
沉想着消逝了的音乐。

在心头飘来飘去的是什么啊,
像白云一样的无定,像白云一样的沉郁?
而且要对它说话也是徒然的,
正如人徒然的向白云说话一样。

幽暗的房里耀着的只有光泽的木器,
独语着的烟斗也黯然缄默,
人在尘雾的空间描摹着惨白的裸体
和烧着人的火一样的眼睛。

为自己悲哀和为别人悲哀是一样的事,
虽然自己的梦是和别人的不同,
但是我知道今天我是流过眼泪,
而从外边,寂静是悄悄地进来。

第二卷

翻译诗选

自 由

保罗·艾吕雅

在我的小学生的练习簿子上
在我们书桌上和树上
在沙上 在雪上
我写了你的名字

在一切读过的书页上
在一切空白的书页上
石头、血、纸或灰上
我写了你的名字

在金色的图像上
在战士的手臂上
在帝王的冠上
我写了你的名字

在林莽上和沙漠上
在鸟巢上和金雀枝上
在我童年的回声上
我写了你的名字

在夜间的奇迹上
在白昼的白面包上
在结亲的季节上
我写了你的名字

在我一切青天的破布上
在发霉的太阳池塘上

在活的月亮湖沿上
我写了你的名字
在田野上 在天涯上
在鸟儿的翼翅上
和在阴影的风磨上
我写了你的名字
在每一阵晨曦上
在海上 在船上
在发狂的大山上
我写了你的名字
在云的苔藓上
在暴风雨的汗上
在又厚又无味的雨上
我写了你的名字
在晶耀的形象上
在颜色的钟上
在物质的真理上
我写了你的名字
在觉醒的小径上
在展开的大路上
在满溢的广场上
我写了你的名字
在燃着的灯上
在熄灭的灯上
在我的集合的房屋上
我写了你的名字
在我的镜子和我的卧房的
一剖为二的果子上
在我的空贝壳床上

我写了你的名字
在我的贪食而温柔的狗上
在它竖起的耳朵上
在它的笨拙的脚上
我写了你的名字
在我的门的跳板上
在熟稔的东西上
在祝福的火的波上
我写了你的名字
在应允的肉体上,
在我的朋友们的前额上
在每只伸出来的手上
我写了你的名字
在出其不意的窗上
在留意的嘴唇上
高高在寂静的上面
我写了你的名字
在我的毁坏了的藏身处上
在我的崩坍的灯塔上
在我的烦闷的墙上
我写了你的名字
在没有愿望的离别上
在赤裸的孤寂上
在死亡的阶坡上
我写了你的名字
在恢复了的健康上
在消失了的冒险上
在没有记忆的希望上
我写了你的名字

于是由于一个字的力量
我重新开始我的生活
我是为了认识你
为了唤你的名字而成的自由

一只狼

保罗·艾吕雅

白昼使我惊异而黑夜使我恐怖
夏天纠缠着我而冬天追踪着我
一头野兽把他的脚爪放在
雪上沙上或泥泞中
把它的来处比我的步子更远的脚爪
放在一个踪迹上
在那里死亡有生活的印痕

戒　严

保罗·艾吕雅

有什么办法门是看守住了
有什么办法我们是给关住了
有什么办法路是拦住了
有什么办法城市是屈服了
有什么办法它是饥饿了
有什么办法我们是解除武装了
有什么办法夜是降下了
有什么办法我们是相爱着

公 告

保罗·艾吕雅

他的死亡之前的一夜
是他一生中的最短的
他还生存着的这观念
使他的血在腕上炙热
他的躯体的重量使他作呕
他的力量使他呻吟
就在这嫌恶的深处
他开始微笑了
他没有"一个"同志
但却有几百万几百万
来替他复仇 他知道
于是阳光为他升了起来

肖 像

苏佩维艾尔

母亲,我很不明白人们是如何找寻那些死者的,
我迷途在我的灵魂,它的那些险阻的脸儿,
它的那些荆棘以及它的那些目光之间。
帮助我从那些炫目惊心的嘴唇所憧憬的
我的界域中回来吧,
帮助我寂然不动吧,
那许多动作隔离着我们,许多残暴的猎犬!
让我俯就那你的沉默所形成的泉流,
在你的灵魂所撼动的枝叶的一片反照中。
啊!在你的照片上,
我甚至看不出你的目光是向哪一面飘的。
然而我们,你的肖像和我自己,却走在一起,
那么地不能分开
以致在除了我们便无人经过的
这个隐秘的地方
我们的步伐是类似的,
我们奇妙地攀登山岗和山峦。
而在那些斜坡上像无手的受伤者一样地游戏
一枚大蜡烛每夜流着,溅射到晨曦的脸上——
那每天从死者的沉重的床中间起来的,
半窒息的,
迟迟认不出自己的晨曦。

我的母亲，我严酷地对你说着话，
我严酷地对死者们说着话，因为我们应该
站在滑溜的屋顶上，
两手放在嘴的两边，并用一种发怒的音调
去压制住那想把我们生者和死者隔绝的
震耳欲聋的沉默，而对他们严酷地说话。

我有着你的几件首饰，
好像是从河里流下来的冬日的断片，
在这有做着"不可能"的囚徒的新月
起身不成而一试再试的
溃灭的夜间，
在一只箱子底夜里闪耀着的这手钏便是你的。
这现在那么弱地是你的我，从前却那么强地是你，
而我们两人是那么牢地钉在一起，竟应该同死，
像是在那开始有盲目的鱼
有眩目的地平线的
大西洋的水底里互相妨碍泅水
互相蹴踢的两个半溺死的水手一样。
因为你曾是我，
我可以望着一个园子而不想别的东西，
可以在我的目光间选择一个，
可以去迎迓我自己。
或许现在在我的指甲间，
还留着你的一片指甲，
在我的睫毛间还羼着你的一根睫毛；
如果你的一个心跳混在我的心跳中，
我是会在这一些之间辨认它出来
而我又会记住它的。

可是心灵平稳而十分谨慎地
斜睨着我的
这位我的二十八岁的亡母,
你的心还跳着吗?你已不需要心了,
你离开了我生活着,好像你是你自己的姊妹一样。
你守着什么都弄不旧了的就是那件衫子,
它已很柔和地走进了永恒
而不时变着颜色,但是我是唯一要知道的。

黄铜的蝉,青铜的狮子,粘土的蝮蛇
此地是什么都不生息的!
唯一要在周遭生活的
是我的欺谎的叹息。
这里,在我的手腕上的
是死者们矿质的脉搏
便是人们把躯体移近
墓地的地层时就听到的那种。

发

玄迷·特·果尔蒙

西茉纳,有个大神秘
在你头发的林里。

你吐着干刍的香味,你吐着野兽
睡过的石头的香味;
你吐着熟皮的香味,你吐着刚簸过的
小麦的香味;
你吐着木材的香味,你吐着早晨送来的
面包的香味;
你吐着沿荒垣
开着的花的香味;
你吐着黑莓的香味,你吐着被雨洗过的
常春藤的香味;
你吐着黄昏间割下的
灯心草和薇蕨的香味,
你吐着冬青的香味,你吐着藓苔的香味,
你吐着在篱阴结了种子的
衰黄的野草的香味;
你吐着荨麻如金雀花的香味,
你吐着苜蓿的香味,你吐着牛乳的香味,
你吐着茴香的香味;
你吐着胡桃的香味,你吐着熟透而采下的

果子的香味；
你吐着花繁叶满时的
柳树和菩提树的香味；
你吐着蜜的香味，你吐着徘徊在牧场中的
生命的香味；
你吐着泥土与河的香味；
你吐着爱的香味，你吐着火的香味。

西茉纳，有个大神秘
在你头发的林里。

山　楂

玄迷·特·果尔蒙

西茉纳，你的温柔的手有了伤痕，
你哭着，我却要笑这奇遇。

山楂防御它的心和它的肩，
它已将它的皮肤许给了最美好的亲吻。

它已披着它的梦和祈祷的大幕，
因为它和整个大地默契，

它和早晨的太阳默契，
那时惊醒的群蜂正梦着苜蓿和百里香，

和青色的鸟，蜜蜂和飞蝇，
和周身披着天鹅绒的大土蜂，

和甲虫、细腰蜂，金栗色的黄蜂，
和蜻蜓，和蝴蝶，

以及一切有趣的，和在空中
像三色堇一样地舞着又徘徊着的花粉，

它和正午的太阳默契，

和云,和风,和雨,

以及一切过去的,和红如蔷薇,
洁如明镜的薄暮的太阳,

和含笑的月儿以及和露珠,
和天鹅,和织女,和银河,

它有如此皎白的前额而它的灵魂是如此纯洁,
使它在全个自然中钟爱它自身。

晚　歌

保尔·福尔

森林的风要我怎样啊,在夜间摇着树叶?
森林的风要我们什么啊,在我们家里惊动着火焰?
森林的风寻找着什么啊,敲着窗儿又走开去?
森林的风看见了什么啊,要这样地惊呼起来?
我有什么得罪了森林的风啊,偏要裂碎我的心?
森林的风是我的什么啊,要我流了这样多的眼泪?

一个贫穷的牧羊人

保尔·魏尔伦

我怕那亲嘴
像怕那蜜蜂。
我戒备又忍痛
没有安睡:
我怕那亲嘴!

可是我却爱凯特
和她一双妙眼。
她生得轻捷,
有洁白的长脸,
哦!我多么爱凯特!

今朝是"圣华兰丁"
我应得问她在早晨,
可是我不敢
说那可怕的事情,
除了这"圣华兰丁"。

她已经允许我,
多么幸运!
可是应该这么做
才算得个情人

在一个允许后!

我怕那亲嘴
像怕那蜜蜂。
我戒备又忍痛
没有安睡:
我怕那亲嘴!

一个暗黑的睡眠

保尔·魏尔伦

一个暗黑的睡眠
坠到我生命上：
睡罢，一切冀愿，
睡罢，一切奢望！

我从此一无所见，
我失去了好歹，
一切的记忆……
哦，往事悲哀！

我是一个摇篮，
在一个墓窟里
被一双手摇动：
静些，静些！

树脂流着

　　法朗西思·耶麦

一

樱树的树脂像金泪一样地流着。
爱人呵,今天是像在热带中一样热:
你且睡在花荫里吧,
那里蝉儿在老蔷薇树的密叶中高鸣。

昨天在人们谈话着的客厅里你很拘束……
但今天只有我们两人了——露丝·般珈儿!
穿着你的布衣静静地睡吧,
在我密吻下睡着吧。

天热得使我们只听见蜜蜂的声音……
多情的小苍蝇,你睡着罢!
这又是什么响声……这是眠着翡翠的,
榛树下的溪水的声音……
睡着吧……我已不知道这是你的笑声
还是那光耀的卵石上的水流声……

二

你的梦是温柔的——温柔得使你微微地

微微地动着嘴唇——好像一个甜吻……
说呵,你梦见许多洁白的山羊
到岩石上芬芳的百里香间去休憩吗?

说呵,你梦见树林中的青苔间,
一道清泉突然合着幽韵飞涌出来吗?
——或者你梦见一只桃色、青色的鸟儿
冲破了蜘蛛的网,惊走了兔子吗?

你梦见月亮是一朵绣球花吗……
——或者你还梦见在井栏上
白桦树开着那散着没药香的金雪的花吗?

——或者你梦见你的嘴唇映在水桶底里,
使我以为是一朵从老蔷薇树上
被风吹落到银色的水中的花吗?

天要下雪了

朗西思·耶麦

天要下雪了,再过几天。我想起去年。
在火炉边我想起了我的烦忧。
假如有人问我:"什么啊?"
我会说:"不要管我吧。没有什么。"

我深深地想过,在去年,在我的房中,
那时外面下着沉重的雪。
我是无事闲想着。现在,正如当时一样
我抽着一支琥珀柄的木烟斗。

我的橡木的老伴侣老是芬芳的。
可是我却愚蠢,因为许多事情都不能变换,
而想要赶开了那些我们知道的事情
也只是一种空架子罢了。

我们为什么想着谈着?这真奇怪;
我们的眼泪和我们的接吻,它们是不谈的,
然而我们却了解它们,
而朋友的步履是比温柔的言语更温柔。

人们将星儿取了名字,
也不想想它们是用不到名字的,

而证明在暗中将飞过的美丽彗星的数目，
是不会强迫它们飞过的。

现在，我去年老旧的烦忧是在哪里？
我难得想起它们。
我会说："不要管我吧，没有什么。"

编后记

编 者

戴望舒作为新月派代表诗人之一,曾在20世纪30年代末和30年代初因为其风格独特的诗作被人称为现代诗派"诗坛领袖"。钱理群先生认为,戴望舒的诗《雨巷》显示了新月派向现代派的趋向,而1929年所创作的《我底记忆》则成为了现代诗派的起点。

本诗集的第一部分以《戴望舒诗全编》(梁仁编,浙江文艺出版社,1989年)为基础,同时参考了《戴望舒诗集》(四川人民出版社,1981年)《戴望舒诗歌经典全集》(张宏主编,时代文艺出版社,2003年)《中国现代经典诗库》(中国社会科学院文学研究所现代文学研究室编,北岳文艺出版社,1996年)等与戴望舒相关的多个版本的选本和书籍,并进行了校对与订正。在此一并感谢!

本诗集的第二部分则以《戴望舒译诗集》(湖南人民出版社,1983年)、《戴望舒译诗集》(四川人民出版社,1981年)《戴望舒译诗集》(作家出版社,1989年)等为参照,精选部分戴望舒先生翻译的外国诗歌。

由于视野、学识和资料所限,纰漏之处,在所难免,静候方家不吝赐教。

2019年2月21日